Mark Sarg

Der Mord in der Handtasche

Mark Sarg

Der Mord in der Handtasche

Bizarre Kurzgeschichten

Goldene Rakete Verlag für Belletristik

Imprint

Cover image: www.ingimage.com

Publisher:
Goldene Rakete Verlag für Belletristik
is a trademark of
International Book Market Service Ltd., member of OmniScriptum Publishing Group
17 Meldrum Street, Beau Bassin 71504, Mauritius

Printed at: see last page
ISBN: 978-620-2-44523-8

INHALTSVERZEICHNIS

GOTT UND TEUFEL

Ein junger Priester mit wallendem blondem Haar stolzierte eine Straße entlang.

„Was für ein ***Gott***!“ Voll Bewunderung blieb eine reifere Dame mit Krinoline ehrfürchtig stehen und stellte ihre Einkaufstasche ab. Sich artig verneigend, nahm der Gott seine Perücke ab wie einen Hut, sodass sein ***schwarzes*** Naturhaar zum Vorschein kam.

„Oh, wie garstig! Sie ***Teufel***!“, rief da empört die Dame, nahm rasch wieder ihre Tasche und eilte angeekelt davon.

DIE DEMOISELLE MIT DEM BIERBAUCH

Demoiselle Beatrice Weinhansl war begehrter Mannequin im renommierten Modesalon der Madame Astride Tutzinger.

Zum Erstaunen aller bekam sie jedoch allmählich etwas, das wie ein Bierbauch aussah.

Mit dem rüden Hinweis, sie möge weniger saufen und dafür mehr (auf dem Vorführsteg) **laufen**, wurde sie von Madame dringlichst verwarnt deswegen.

Es half nichts, der Bauch gedieh und gedieh, sodass sie schließlich „im allerbesten Einvernehmen“ entlassen wurde.

Das Merkwürdige war nur: Sie trank nie Bier …

GEHEIMNISVOLLE KONTUREN

Vor dem Schlafengehen bemerkte Kammersängerin Ilda von Plärr unerklärliche **Konturen**, die sich unter ihrer Bettdecke abzeichneten. Malerin aus Leidenschaft, eilte sie sogleich um Stift und Papier, um dieselben nachzuzeichnen.

Wie erstaunt war sie aber, festzustellen, dass sich diese jeder Nachbildung entzogen! Selbst nach angestrengtesten Versuchen schaffte sie es einfach nicht, auch nur ***eine***, wenigstens **annähernd** zu Papier zu bringen.

Schließlich verlor sie die Geduld und zog die Decke kurzerhand zurück, um das Geheimnis vielleicht so zu lüften. Zu ihrer insgeheimen Erleichterung war das Bett jedoch leer.

Nach kurzer Ratlosigkeit traf sie erneut ein „Geistesblitz": Sie begab sich unter die Decke und versuchte, ihren Körper den Konturen ***nach***zubiegen, um sie ***dieser***art zeichnerisch zu erfassen. – Dabei kam, was kommen ***musste***: Sie brach sich das Genick.

Im Sterben noch gedachte sie der Warnung ihrer Mutter: „Mein liebes Kind, du solltest nie die Malerei ***zu*** ernst nehmen!"

DER MODERNE MORD

Ein Mord, der sehr darauf bedacht war, möglichst ***modern*** zu wirken, wählte demgemäß für seine „Kunden" eine höchst ***zeitgemäße*** Methode:

Er stopfte sie so lange mit den „allerneuesten Nachrichten" voll, bis sie endlich gnädig ***erstickt*** waren.

DER ANTIQUIERTE MORD

„Erlauben – bitte vielmals um Vergebung, haben doch wohl nichts **dagegen**?“, leitete ein Mord, der es liebte, sich betont altmodisch zu kleiden, die Begegnung mit seinen Opfern ein – wobei er kapriziös einen japanischen Zierfächer bewegte.

Doch sobald sein Gegenüber sich ihm widersetzte, berief er sich mit eiserner, unbeugsamer Miene auf das ***Staatswohl*** – und zog sein Vorhaben gnadenlos und unerbittlich durch.

In diesem Punkte war er dann doch erstaunlich „zeitgemäß“ und „modern“ ...

„DARF ICH SIE ZERSTÄUBEN?“

„Darf ich Sie zerstäuben, meine Teuerste?“ Über alle Maßen geschmeichelt, erteilte Comtesse Hélène Rahmstiefel Starcouturier Honoré Herzrüssel sogar mit Handkuss die Erlaubnis.

Worauf er sie nun in einem Spezialverfahren zerstäubte, um ihren Duft auf die übrige Kundschaft zu versprühen – die daraufhin seinem erlesenen Salon strikt fernblieb.

Und mit diesem „berauschenden“ Akzent war ihm **endlich** der Rückzug ins Privatleben geglückt – ohne lästige Erklärungen oder Rechtfertigungen nachreichen zu müssen …

„ZERSTÄUBEN SIE SICH!“

„Zerstäuben Sie sich, bevor Sie das Haus verlassen. Nur so können Sie einigermaßen sicher sein, ungeschoren wieder heimzukommen!“

Sein Leben lang versuchte Graf Wellington Sargtee krampfhaft, diesen Grundsatz aus der „Praktisch angewandten Philosophie des Alltags“ von Oberstudienrat Klingsor von Leuchtbeutel in seiner vollen Bedeutung zu erfassen – was ihm freilich leider nie, auch nur im Ansatze, gelang.

Verständlich, dass er daher **niemals** ungeschoren blieb – und am Ende auch noch starb!

DER BAUM DER ERKENNTNIS

Prof. Jekyll von Leichtblut besaß in seinem Garten einen Baum der Erkenntnis – an dem er sich zwar immer wieder den Kopf wundstieß.

Aber gerade dadurch auch erkannte, dass man selbst gegen Bäume nicht ungestraft anrennt.

„BESCHWICHTIGEN SIE MICH NICHT!“

„Beschwichtigen Sie mich nicht, mein Allerwertester, sonst werde ich ganz und gar ungnädig!“ Höchst unwirsch unterbrach Marquise Sandrine Flatterkopf die täppischen Rechtfertigungsversuche ihres Gatten Casimir hinsichtlich seines Seitensprungs mit Demoiselle Jacqueline Hühnerdreck.

Nur zu gerne gab er da das hoffnungslose Unterfangen wieder auf, **bekannte** sich stattdessen stolz und dreist zu seinem Fehltritt, und stellte sogar dessen Fortführung in Aussicht.

Worauf seine Gemahlin „gnädig“ blieb und sich damit begnügte, ihn zu erwürgen.

Denn andernfalls hätte sie die Scheidung durchgesetzt, und er wäre ohne einen Cent zurückgeblieben – was seinen Untergang erheblich langwieriger und qualvoller gestaltet hätte.

„BESCHWICHTIGEN SIE MICH!“

„Beschwichtigen Sie mich, mein Herr, sonst übergebe ich Sie ohne jeden Pardon der Polizei!“, stellte Ladeninhaber Jeremias Sargduft Herrn Wenzel Goldluft vor die Wahl, den er beim Klauen eines Rosenstraußes ertappt hatte.

Der verstand es nun wahrlich meisterhaft, ihn zu beschwichtigen. Er ließ ihn ebenfalls mitgehen, retournierte ihm die Blumen dann mit Handkuss bei sich zu Hause – und verbrachte anschließend noch einen gemütlichen, versöhnlichen und vor allem sehr ***intimen*** Abend mit ihm.

„BESCHWICHTIGEN SIE SICH NICHT!“

„Beschwichtigen Sie sich nicht, wenn Sie eines Tages Hinweise empfangen, dass Ihr Ende unausweichlich naht, sondern nutzen Sie, ganz im Gegenteil, Ihre Erregtheit und nehmen rasch etwas Blausäure ein, um den Prozess ein wenig abzukürzen!“ So einer der „1000 Tipps, sich das Leben angenehmer zu gestalten“ von Dr. Achmed Morgenschleim.

Der ehrgeizige Hofrat Ernesto Kuchenwurm, prinzipiell gewohnt, jeden Vorschlag, der ihm nur einigermaßen „vernünftig“ schien, gleich zu 200% in die Tat umzusetzen, hatte sich demgemäß schon ein ganzes Einmachglas voll Blausäure für den großen Augenblick zurechtgestellt – und hätte sich am liebsten steinigen mögen, als er dann ***ohne*** die geringste Vorankündigung einfach im Schlafe starb.

Jedenfalls verzieh er seinem Schöpfer diese „***un***verdiente“ Art des Todes nie. Womit er ja eigentlich fast recht hatte ...

„BESCHWICHTIGEN SIE SICH!“

„Beschwichtigen Sie sich zeitgerecht, wenn Sie die Absicht verspüren sollten, sich selbst zu ohrfeigen. Ihr Gesicht wird Ihnen sicherlich sehr dankbar hierfür sein!“

Jederzeit zu lernen bereit, merkte sich Sir Duffy Kleinprinz den Rat des populären Psychologen Prof. Laurus Milchrahmstrudel.

Und als der kritische Moment wirklich gekommen war, verpasste er sich mit besonderer Genugtuung einen herzhaften Fußtritt – der ihm dann natürlich auch ein ***Viel***faches an „Erleichterung“ bot.

DAS UNTRÜGLICHE GESPÜR

Prof. Harlem von Sargmeister besaß ein wahrhaft ***un***trügliches Gespür, ***wann*** sein Leben abgelaufen war.

Er starb daher gerade im rechten Augenblick.

DER PAPST UND DIE KLOFEE

Um Papst Fliegenhirn dem Starken gerade in seiner intimsten Sphäre besonders nah zu sein, besuchte ihn die von religiösem Ehrgeiz getriebene Schwester Fiorilla Krautrüssel immer mal wieder auf einem ganz und gar unheiligen Örtchen – wo sie sich als „heilige Klofee“ ausgab, die über sein leibliches Wohlergehen zu wachen und ihm, vor allem bei längeren Sitzungen, beizustehen habe.

Doch weshalb er ihr dies so ohne weiteres einfach abnahm, obwohl sie durchaus nicht dem Prototyp einer Fee entsprach?

Abgesehen davon, dass natürlich niemand **wirklich** weiß, wie eine Klofee auszusehen hat, verfuhr der Heilige Vater eben getreu des Leitspruchs: „Wer glaubet, dem wird ***vergeben*** werden!“

Und genau dies hatte er auch bitter nötig. Und zwar zu jeder Zeit und an ***jedem*** Ort.

DER LEICHENADVOKAT ODER

DAS DRAKONISCHE URTEIL

Als praktizierender barmherziger Christ hatte es sich Dr. Jeremias Sargschmaus zur Lebensaufgabe gemacht, straffällig gewordene Leichen wegen diverser Delikte, insbesondere Rowdytum und nachhaltiges Erschrecken harmloser Passanten, vor Gericht zu vertreten.

Wobei er stets die gleiche Strategie anwandte – „Es sind ja bloß Tote, Euer Ehren. Wie soll man ***die*** denn noch bestrafen?!" – und mitleidig auf die mit Büßermiene vor sich hin Kauernden wies, was seine Wirkung nie verfehlte und fast immer, nach einer Ermahnung, zum Freispruch führte. Kaum waren sie jedoch aus dem Saale, legten sie erneut mit ihrem schändlichen Treiben los.

Einmal aber verhängte ein gestrenger Richter eine wahrhaft **drakonische** Strafe über einige von ihnen – indem er sie glatt zum ***Leben*** verurteilte!

Worauf sie in Panik die Flucht ergriffen und sich für ***lange*** in den Gräbern verkrochen – damit das Verdikt nur ***ja*** nicht vollstreckt werden konnte!

DIE SARGTOCHTER

Fräulein Silvana Schwarzfee, Tochter eines ehrwürdigen, gelehrten Sarges und einer mondänen Sarkophagin, betrachtete ihre Herkunft lange als schwere Hypothek. Sie wurde einfach das Gefühl nicht los, dass man ihr diese ***über***mäßig anmerkte – welchem Umstande sie nicht zuletzt auch ihre immer noch währende Jungfräulichkeit zuschrieb.

Erst der von den besorgten Eltern zu Rate gezogene Psychotherapeut Prof. Quexinio Glückskeks, ein anerkannter Spezialist für delikate Grenzfälle, vermochte sie im Laufe umfangreicher Sitzungen dazu zu bringen, sich mit Nachdruck auf die absolute **Einzigartigkeit** ihrer Abstammung zu besinnen und diese mit allem gebührenden Stolze voll zu akzeptieren.

Und mit gestärktem Selbstvertrauen traf sie bald darauf auch eine kühne und kluge Entscheidung: Sie heiratete einen schnittigen jungen Sargnagel, der sich Hals über Kopf in sie verliebt hatte – und der seinerseits ***nie*** von Komplexen gleich welcher Art geplagt gewesen war ...

DIE KUNST, ES ALLEN RECHT ZU MACHEN

In christlicher Demut war Prälat Thoreau Schlüpfbart so versessen darauf, es wirklich ***allen*** recht zu machen – dass er sich zu seinem größten Erstaunen immer mehr auch vom ***Teufel*** angezogen und schließlich ganz besessen fühlte.

Den von Kardinal Francoeur Feuchtschmarrn in der Folge durchgeführten Exorzismus überlebte er indes leider nicht.

Sodass auf seinem Grabstein zu lesen stand: „***Allen*** zu dienen – für dies hehre Bestreben hat er sogar sein Leben gegeben!“

DER LIEBEVOLLE SARG

Ein Sarg wiederholte den ganzen lieben Tag refrainartig die Worte: „Ich liebe ***mich*** – ich liebe ***dich*** – ich liebe ***mich*** – ich liebe ***dich***".

Seinem Einwohner, dem Freiherrn Federico von Aas-Schmauser, wurde dies irgendwann zu dumm und er verklagte den Sarg wegen „Unzucht am Arbeitsplatz"!

„UND ERKENNEN SIE MICH JA NICHT WIEDER!“

„Und erkennen Sie mich ja nicht wieder, sollten Sie mir im Jenseits begegnen! Sonst falle ich gleich nochmals über Sie her!“, drohte ein Mörder dem Opfer zum Abschied.

Nun, falls Frau Käthe Lachwitz überhaupt den allergeringsten Wert darauf gelegt hätte, wäre es ihr ohnehin ziemlich schwer gefallen, ihren Peiniger irgendwo in alter Gestalt wiederzuerkennen.

Denn um sein Schicksal vor der finalen Höllenreise ein ganz klein wenig „abzurunden“, absolvierte dieser noch rasch eine kurze, doch höchst ergiebige Zwischenexistenz als Papst zur Zeit der Kreuzzüge.

DIE SPIONIN

Nachdem die übrigen Teilnehmer einer wichtigen Konferenz den Sitzungssaal verlassen hatten, zog Generaldirektor Celsius Hutstrecker einen Vorhang zurück, um ein Fenster zu öffnen – und fand auf dem Sims sitzend eine Leiche vor, die genüsslich eine Pfeife rauchte.

„Na hören Sie mal ...", brauste er auf. „Vorsicht!", unterbrach sie ihn, „***Ich* bin** schon tot!" „Wollen Sie mir etwa Angst machen?!", schnaubte der Direktor. Die Leiche antwortete nicht.

Als er aber aufs Neue aufbegehrte, stopfte sie ihm blitzschnell ihre Pfeife so tief und lange in den Rachen, bis er daran erstickt war.

„Das haste nun davon, Frechdachs!" Entspannt rauchte die „Spionin" in aller Ruhe zu Ende.

DIE IDEALE LEICHE

Eine Leiche war geradezu ein ***Muster*** ihres Schlags. Immer lag sie brav und regungslos im Sarg, gab nie den geringsten Mucks von sich, und wenn man sie grüßte, erwiderte sie ***nicht*** den Gruß, um sich nur ja nicht dem Verdachte auszusetzen, eine „Untote“ zu sein. Kurz, sie verhielt sich ständig, wie man es von ihr ***erwartete***.

Im Laufe der Zeit wurde ihr dies jedoch zunehmend langweilig. Und so diente ihr der Besuch des Universitätsprofessors Erasmus von Blabuletti, der mit einer Schar Studierender eine Exkursion in die Gruft unternommen und sie mit seinem allzu gelehrten Vortrag noch weiter ermüdet hatte, als Anlass, ihre Artigkeit mit einem Schlage zu beenden.

Sie sprang aus dem Sarg, verbeugte sich mehrmals, rannte im Kreis umher, schlug Purzelbäume und trieb auch sonst den tollsten Schabernack.

Die Reaktion des Professors war indes alles andere als angemessen. Mit gravitätischer Miene nahm er seine Brille ab, um bedeutungsschwanger zu verkünden:

„Und hier nun, meine Damen und Herren, haben wir das ***ideale*** Schauobjekt eines Verrückten, der sich als ***Leiche*** gebärdet!“

„DARF ICH SIE BACKEN?“

„Darf ich Sie backen, Monsieur, wenn Sie eines verhängnisvollen Tages dahingegangen sind – damit ich zum Abschied noch einmal von Ihnen zehren kann?“

Sich der unendlichen, wahrhaft verzehrenden Liebe seiner Gattin Nathalie gewiss, stimmte Chevalier Samson Blütengack dem mit stolzgeschwellter Brust und angemessenen ergriffen zu.

In Wahrheit aber wollte sie bloß vorausschauend Nahrungs- und Begräbniskosten sparen.

„DARF ICH SIE BRATEN?“

„Darf ich Sie zur Veredelung fein würzen und braten, Madame, falls Sie ein günstiges Schicksal ***vor*** mir sterben lässt?“

Gerührt ob der weitblickenden Fürsorge ihres Gemahls Barnabé, versagte sich die Vicomtesse Bonita Wolkensack keineswegs seinem Begehren.

Doch als es soweit war, ließ er sie glatt anbrennen.

„DARF ICH SIE GRILLEN?“

„Darf ich Sie grillen, Eure Heiligkeit?“ Mit einer tiefen, frommen Verneigung zelebrierte der Teufel die lang und heiß ersehnte Ankunft Papst Ganovenkopfs des Zehnten in der Hölle.

Noch nicht von allen „guten“ Geistern verlassen, machte der ihm jedoch rasch ein unwiderstehlich obszönes Angebot – wofür er einen Sonderstatus erhielt: Mit einer Tiara auf dem Haupte, durfte er eine Zeit lang weiter Papst spielen, die Neuankömmlinge feierlich in Empfang nehmen und segnen – und im Falle es sich um ***hoch***stehende Katholiken handelte, sogar eigenhändig grillen.

Als dann aber seine Galgenfrist endgültig abgelaufen war, halfen ihm freilich auch die ruchlosesten und verlockendsten Anträge an seinen nunmehrigen Chef nichts mehr …

„DARF ICH SIE TEEREN?“

Um sein Gewissen, das er ja zum überwiegenden Teil ohnehin beim Heiligen Stuhle deponiert hatte, von jeglicher Restschuld zu entbinden, erbat sich Monsignore Malizius Kalkfuß, Folterknecht unter Papst Raubritter dem Großen, von jenen Delinquenten, die zum Teeren an der Reihe waren, ausdrücklich deren **Erlaubnis**.

Und da die Beklagenswerten auf Grund der Vorbehandlung natürlich nicht mehr in der Lage für eine Willensäußerung waren, wertete er ihr Schweigen immer als freudige Zustimmung.

Und nachdem er dann selber in Ungnade gefallen und – ***ohne*** seine Einwilligung – geteert worden war, fragte er sich in tiefer Beklommenheit, wie er denn schon ***vorher*** so „beteert“ gewesen sein konnte, jemals dem katholischen Glauben anheimzufallen.

Und führte im nächsten Leben ein durchaus friedliches, reumütiges und – **religionsloses** Dasein.

„DARF ICH SIE BESCHWEREN?“

„Darf ich Sie beschweren, meine Gnädigste?“ Es half leider gar nichts, dass Miss Ramona Zwergpudel die rein rhetorisch und besänftigend gemeinte Frage vehement verneinte.

Prof. Dragan Windbeutel, Spezialist für Heiratsforschung, heftete sich dennoch an ihren Rocksaum und ließ die Unglückliche ihr Leben lang nicht mehr los.

Und dies ausschließlich, weil sie in einem viel beachteten Zeitungsartikel die kühne Behauptung vertreten hatte, dass Zwangsehen heutzutage kaum noch üblich seien …

„BESCHWEREN SIE MICH!“

„Beschweren Sie mich bitte, damit ich auch ganz sicher untergehe!“, flehte Mademoiselle Lydie Flatterlaus den vorbeikommenden Doktor Isaac Sarggruß an, in der Absicht, in den Fluss zu springen. Und sie bat ihn, ihr einen umherliegenden Pflasterstein umzuhängen, wozu sie selbst sich außerstande sah.

Ohnehin ausgewiesener Experte für Euthanasie, wusste er aber einen ungleich rascheren und „humaneren“ Weg, ihr Ziel zu erreichen – indem er sie mit dem Stein einfach ***erschlug***.

DER HOCHZEITSSARG ODER

DIE GERETTETE EHE

Contessa Walpurga von Schwarztee, ebenso berüchtigt wie gefürchtet wegen ihrer Extravaganzen, hatte sich ganz darauf kapriziert, in einem ***Sarge*** zu heiraten – was ihr überaus altmodischer Bräutigam, Baron Stanislaus Ochsenrüssel, entschieden und beharrlich von sich wies.

Die Verbindung drohte schon daran zu scheitern, da wusste sie sich im letzten Augenblick doch noch zu helfen: Sie **erschlug** den Widerspenstigen mit dem Deckel des eben eingelangten Hochzeitssarges.

Womit die Ehe sogar „auf ewig" gesichert war!

DAS ROTZMENSCH AUF REISEN

Ein Rotzmensch[1] wollte seine Reise partout in einem voll besetzten Zugabteil antreten. Selbst ***ohne*** Gepäck, warf es kurzerhand drei Koffer durch das Fenster auf den Bahnsteig, um auf der Ablage Platz zu finden.

Doch bevor es hochklettern konnte, hatten es zwei Fahrgäste gepackt und warfen es den Koffern ***nach***. Nicht faul, schnappte sich das Rotzmensch einen Gepäckwagen, lud sie auf, rief „Danke!" und eilte damit aus dem Bahnhof, ehe die schockierten Eigentümer auch nur das Geringste dagegen unternehmen konnten.

In Abänderung seiner Reisepläne brauste es dann mit dem Taxi davon.

[1] ungezogenes Mädchen, Göre

DAS SCHEINTOTE ROTZMENSCH

Ein wegen ständigen, an Vulgarität nicht mehr überbietbaren Grimassenschneidens polizeilich gesuchtes Rotzmensch verfiel in Ausübung des Delikts in eine Katalepsie und wurde fälschlich für tot erklärt.

Im Sarg wieder erwacht, hämmerte es wie wild gegen den Deckel, sodass sich ein etwas ängstlicher Beschäftigter der Aufbahrungshalle in panischer Furcht näherte und unter Aufbietung all seinen Mutes den Sarg öffnete.

Zum Dank streckte ihm das Rotzmensch mit exzessivster Gesichtsverzerrung derart ***obszön*** die Zunge entgegen, dass den ohnehin schon Geschwächten vollends der Schlag traf. Munter sprang es heraus und bettete ***ihn*** in den Sarg.

Und nach der Beisetzung konnte es einfach nicht anders, als ihm am frischen Grab kichernd eine lange Nase zu drehen und einige seiner „besten" Grimassen zu präsentieren.

„***So*** ein Rotzmensch!", stimmten mehrere Friedhofsbesucher überein, schüttelten sich vor Empörung und bekreuzigten sich.

DIE SPINNE UND DAS ROTZMENSCH

„So etwas wie dich ***gibt*** es unter meinesgleichen gar nicht!“, versicherte eine Spinne verächtlich einem Rotzmensch, das ihr eine lange Nase drehte und seinen Rock hochzog. „Du solltest dich was schämen!”

Worauf es den Rock ***ganz*** auszog, um ihn in gespielter Scham übers Gesicht zu stülpen und eine ganze Weile in dieser Pose zu verharren.

Unterdessen verspann es die Spinne blitzschnell in ein Netz, bis es darin zappelte. „So, du Rotzmensch, bin ich dir doch noch Herr geworden!“, triumphierte sie.

Da schämte sich das Rotzmensch ***wirklich***.

DAS GIFTIGE ROTZMENSCH ODER

DIE RETTERIN DER NATION

Aus purer Bosheit pflegte ein Rotzmensch ständig giftige Pilze zu verschlingen. Seine Tücke und sein Trotz waren indes so gewaltig, dass es justament ***nicht*** daran starb, sondern lediglich ***selbst*** immer giftiger wurde. Dies hatte in der Tat sein Gutes:

Am Rande der Stadt hauste Mademoiselle Odabelle Grausschmatzinger, eine weit über die Grenzen des Landes bekannte und gefürchtete Menschenfresserin, der man einfach nicht das Mundwerk legen konnte. Auf der Suche nach einem Leckerbissen erspähte sie das nach einer besonders giftigen Labung aus dem Walde torkelnde Rotzmensch, und ehe sich dieses vorsehen konnte, brutzelte es auch schon in ihrem Herd.

Doch einer ***solchen*** Ansammlung von Schadstoffen war selbst die alles andere als heikle Mademoiselle nicht gewachsen – und sie verschied an ihrem Mahle, noch ehe sie es verdaut hatte.

Als man gierig (vor wissenschaftlichem Drange) ihre Leiche obduzierte und darin das kaum zerkleinerte Rotzmensch fand, wurde allen klar, ***wem*** das Ende einer Plage nun zu danken war.

Eiligst ließ man im Stadtpark ein Monument errichten, das mit der Aufschrift gekrönt war:

„Dem edlen Rotzmensch, der Retterin der Nation“.

DER LEHRER UND DAS ROTZMENSCH

Ein Lehrer fragte ein Rotzmensch: „Wieviel ist 3 x 3?“ – „Weiß ***ich*** doch nicht!“ Frech zog es seinen Rock hoch.

„Na warte, du Rotzmensch!“ Mit dem Zeigestab gab er ihr drei mal drei Schläge auf ihre Kehrseite. „Hoffentlich weißt du ***jetzt*** das Resultat!“

Da hatte sie ihn, ehe er sich’s versah, neunmal in die Hand gebissen.

DAS ROTZMENSCH ALS ZIEHVATER

Als Folge eines Fehltritts wurde Ordensschwester Dementina Ramschlaus auf einer einsamen Dorfstraße von Geburtswehen überwältigt. In ihrer Not bat sie ein ausgelassen vorbeitänzelndes Rotzmensch, ihr bei der Entbindung beizustehen.

„Pfui Deixel!", zögerte dieses, „Da kommt vielleicht ein kleiner Papst heraus!" Die Nonne versicherte ihm, dass dies gänzlich unmöglich sei, sodass es sich schließlich zur Hilfe gnädig bereitfand.

„Aber das ist ja ein kleines **Rotzmensch**!", rief es begeistert und klatschte in die Hände, als alles vorbei war. „Was wird denn sein ***Vater*** dazu sagen?" „Das ist nun ***wahrlich*** ein Rotzmensch!!", schnaubte verächtlich die Nonne. „Oh – nehmen Sie ***mich*** doch an seiner statt!" Das Rotzmensch war nicht mehr zu halten.

Ohnehin in einer misslichen Lage, was ihre Rückkehr ins Kloster betraf, überlegte die Nonne kurz: „Dich hat mir vielleicht wirklich der ***Herr*** geschickt!" und willigte rasch entschlossen ein.

Bald darauf standen sie vor dem Traualtar.

DER PAPST UND DAS ROTZMENSCH

„Ich exkommuniziere dich wegen deines schändlichen Betragens!", versuchte Papst Dodelinius III. ein Rotzmensch zu bannen. Woraufhin es in bewährter Weise den Rock hochzog und ihm die blanke Kehrseite zeigte.

„Also schön", meinte er versöhnlich, „ich vergebe dir, meine Tochter. Kehre zurück in den Schoß der Kirche!" Und erwartungsvoll nahm er sie in ebendiesen. Dort pinkelte sie ihn an und biss ihn in die Nase.

„Vergelts Gott!", stöhnte der Papst und entschlief selig.

DAS ROTZMENSCH UND DIE LEICHE

„Pfui Teufel! Selbst als ***meines***gleichen würde ich mir nie derartige Manieren erlauben!", erzürnte sich eine Leiche über ein Rotzmensch, das sie in der Gruft neugierig begaffte und dabei mit Hingabe in der Nase bohrte. „Du ***kannst*** mich! Ich ***glaube*** nicht an sprechende Leichen!", gab sich die Gescholtene völlig unbeeindruckt. „Jetzt biste stumm, was?!"

Ob so viel Unverfrorenheit hatte es der Leiche tatsächlich für einen Augenblick die Sprache verschlagen. „Na warte, du Rotzmensch!", legte sie nun aber los, sprang aus dem Sarg, lief der vor Furcht Kreischenden hinterher und packte sie mit eisigem Griff am Kragen: „Ich kann nicht nur sprechen, sondern mich auch ebenso ***benehmen*** wie du!" Und sie steckte der vor Ekel Greinenden ihren knochigen Zeigefinger erst in die Nase und dann in den Mund.

Von da ab jedoch war ***geheilt*** das Rotzmensch. Es kehrte sein Betragen völlig um, erwarb die erlesensten Manieren allmählich – und wurde durch Heirat zur Prinzessin gar.

DIE NONNE UND DIE KLOFRAU

Zwecks Verrichtung einer „unheiligen“ Handlung sah sich eine Nonne unterwegs genötigt, eine entsprechende Anstalt aufzusuchen – und gab sich alle Mühe, sie möglichst rasch wieder zu verlassen. Doch konnte sie nicht umhin, zuvor der Klofrau ihr Erbarmen zuzuwenden:

“Aber eines ***müssen*** Sie mir noch verraten, meine Schwester: Wie ***schaffen*** Sie es bloß, den ganzen Tag an einem ***solchen*** Orte zuzubringen, ohne dass Ihre ***Seele*** Schaden nimmt?!“ „Ganz einfach”, erwiderte spitzbübisch die Toilettenfrau, „Ich stelle mir vor, ich wäre in einem Kloster!”

”0h, Sie ***gott***lose Person!”, brachte die Nonne nur mühsam hervor, bekreuzigte sich und rannte davon.

DER MORD IN DER HANDTASCHE

Einer hohen Dame der Gesellschaft misslang ein Mord so kläglich, dass sie sich für ihn genierte: Sie schloss ihn ein in ihrer Handtasche.

Es ist nicht bekannt, ob er von dort jemals ausbrechen und sich bei seinem Frauchen revanchieren konnte.

DAS FRÄULEIN VOR DER TÜR

Im Begriffe, die Wohnung zu verlassen, um seinen täglichen Spaziergang anzutreten, fand Signor Vittorio Freudlmauser ein Fräulein vor der Tür.

Er fragte, ob er etwas für es tun könne, da sah er, dass es keinen Mund hatte. Voll Bedauern wollte er ihm die Hand drücken, da sah er, dass es keine Hände hatte. Er lud es ein in seine Wohnung, da sah er, dass es keine Beine hatte.

Höflich fragte er es nun, ob er ihm das Kleid ausziehen dürfe, worauf es nickte. Voll Entdeckerfreude tat er dies – und stellte fest, dass es gar kein Fräulein ***war***!

Da entschuldigte er sich vielmals und ging spazieren.

DIE DAME MIT DEM SCHNURRBART

Madame Elise Gurkenkerl war fanatische Schnurrbartanhängerin. Da ihr selbst einer verwehrt war, was sie zeitlebens bedauerte, wusste sie schließlich Abhilfe: Sie legte sich einen stolzen schwarzen, aufklebbaren Schnauzbart zu, den sie, wann immer sie allein in ihrer Wohnung war, voll Lust und Wonne trug.

Eines Tages klingelte es an der Tür und sie vergaß in der Eile, den Bart abzunehmen. Der Briefträger – selber Bartfetischist ***aller***ersten Ranges – verlor beim Anblick des Schmuckstücks vollends die Beherrschung. Er gab dem Schnurrbart einen wilden, ekstatischen Kuss. Als der sich dabei von Madame löste und er ihn im Mund behielt, wollte er ihn nicht mehr herausgeben.

Im hierauf sich ergebenden Handgemenge zog Madame den Kürzeren: Der Briefträger erwürgte sie und verschlang danach genüsslich ihren Bart.

DER HERR MIT DEM SCHNURRBART

Monsieur Aristide Schnauzlinger besaß einen solch ***pracht***vollen Schnurrbart, dass er von der ganzen Stadt bewundert und beneidet wurde.

Als „der Herr mit dem Schnurrbart“, wie er allerorts genannt war, sein Prunkstück – einer momentanen Laune folgend – einfach abrasierte, war die Bestürzung, ja das Entsetzen darüber so gewaltig, dass man Anzeige gegen ihn erstattete.

Und tatsächlich wurde er bald darauf von einem Gericht wegen „Frevels wider die Natur“ verurteilt – und gesteinigt.

DIE WANKENDE GESTALT

Zunächst kaum glauben wollte Mrs. Gwirksy Fogoscher, was sie spätabends in ihrem Schlafzimmer fand: Eine umherwankende Gestalt – von der sie auf unerklärliche Weise nicht viel ***mehr*** wahrnehmen konnte, als dass sie wankte! Unablässig, ohne eine einzige der an sie gerichteten Fragen zu beantworten.

„Mein Gott, das ist ja nicht länger mitanzusehen!“, stöhnte sie nach einiger Zeit, „Dieses Gewanke macht mich noch ganz seekrank!“ Und sie bot der Gestalt ihr Bett, was diese wortlos akzeptierte, während sie selber sich auf die Couch im Wohnzimmer zurückzog.

Am Morgen war ihr Besuch mitsamt dem Bett verschwunden. „Da soll einem nicht die Gastfreundschaft ins Wanken geraten!“, seufzte sie und ging in die Küche, um ihr Frühstück zu bereiten.

Printed by Books on Demand GmbH, Norderstedt / Germany